看故事學標點符號 1

瘦國王復活了！

方淑莊 著

新雅文化事業有限公司
www.sunya.com.hk

看故事學語文

看故事學標點符號 ①

瘦國王復活了！

作　　者：方淑莊
插　　圖：靜宜
責任編輯：劉慧燕
美術設計：李成宇
出　　版：新雅文化事業有限公司
香港英皇道 499 號北角工業大廈 18 樓
電話：（852）2138 7998
傳真：（852）2597 4003
網址：http://www.sunya.com.hk
電郵：marketing@sunya.com.hk
發　　行：香港聯合書刊物流有限公司
香港荃灣德士古道 220-248 號荃灣工業中心 16 樓
電話：（852）2150 2100
傳真：（852）2407 3062
電郵：info@suplogistics.com.hk
印　　刷：中華商務彩色印刷有限公司
香港新界大埔汀麗路 36 號
版　　次：二〇一六年七月初版
二〇二四年一月第四次印刷

ISBN: 978-962-08-6618-0

18/F, North Point Industrial Building, 499 King's Road, Hong Kong
Published in Hong Kong SAR, China
Printed in China

目錄

方淑莊老師是我的同事，一位很特別的老師，她有一把特別的嗓子，喜歡向學生說故事教中文。每次觀課，我都會聽到有趣的故事；而且她在攻讀學士學位時副修電腦科，所以課堂上用的簡報也做得很出色。她粵語和普通話皆能，對待學生的態度能做到時輕鬆時嚴謹，上她的課不但不會沉悶，而且還能學懂不少知識。

方老師有個特異功能，能夠即時說出每一個中文字的筆畫，快如電腦，令人驚歎。我常跟她開玩笑，說她也許前世是個文字專家，最大機會是曾經編過字典。這當然純粹是我個人的臆測，增添生活情趣罷了！

除了教學，方老師閒時有許多嗜好，玩桌上遊戲、辦生日會、舉行戶外活動都是她的強項。同時，她很會創作故事。前陣子，我請她為學校創作一個寓言故事，她二話不說，第二天便交來，效率驚人，而且質素更是能登大雅之堂。

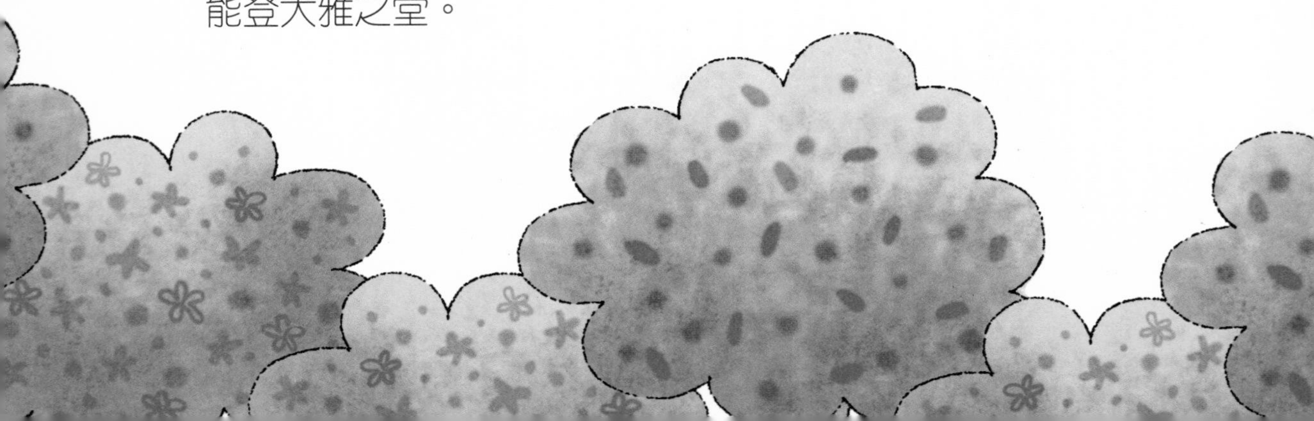

去年，她對我說要出版自己的書，邀請我為她寫序，我一口答應，原因很簡單，只是舉手之勞。很快，她的處女作兩冊《看故事學修辭》便已面世，而且在短短日子已經重印再版，成績斐然。不久之前，她又請我寫序，這次是關於標點符號的書。她真是敢於向難度挑戰，標點符號不是三言兩語便說完了麼，哪有故事可講？但虧她花盡腦汁，成功完成，而且有趣精彩。

方老師是個充滿創意的老師，寫的東西很有趣，能把「簡單」的事物變得「神奇」。祝願她能繼續創作更多優秀的作品，而且洛陽紙貴，不消數月，又請我寫序。

陳家偉博士
優才書院校長

自序

去年六月，我寫了《看故事學修辭》第一、二冊，感恩能在短短半年獲加印第二版，在此感謝所有讀者的支持。很多小讀者告訴我，他們很喜歡看胖國王的故事，從他身上能輕鬆學會不少既複雜又抽象的修辭，這令我更確信用故事學語文的好處和成效。

作為現職教師，我最大的得着是能親身了解學生在學習語文上的需要，學習標點符號對初小的學生來說的確是一個挑戰。標點符號是文字表達最重要的輔助工具，跟文字一樣，都是書面語的組成部分；然而文字有音可讀，標點符號卻只有名稱，並無讀音，故此很容易被忽視。

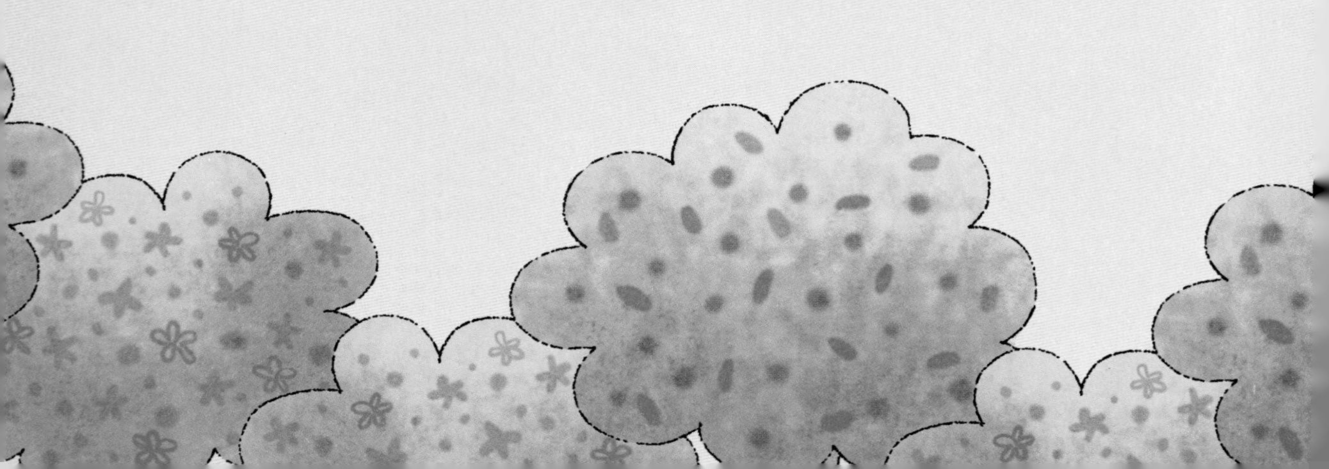

很多人知道文字的重要，卻以為標點符號只是裝飾品，可有可無。其實，標點符號在各種文章中都是不可或缺的。正確地運用標點符號，既能使文句通順、層次分明，還可以增加文字的情感，令語氣變得豐富。相反，把標點符號誤用或放錯位置，不但會令語意不清，甚至會令文句的意思完全改變，鬧出笑話。

本系列兩冊圖書，共以九個發生在標點符號國的小故事，介紹十二個初小學生必學的標點符號，通過生動、有趣的情節，讓孩子輕鬆學習標點符號的不同用法。書中附設適量的教學部分和練習，讓孩子鞏固所學。

方淑莊

逗號的故事

瘦國王復活了！

標點符號國的瘦國王最近身體不適，常感到忽冷忽熱，胃口也不太好。經過御醫悉心診治後，病漸漸好起來，但還是經常感到疲倦，提不起精神。御醫說：「國王的工作太繁重了，壓力太大也會影響康復的進度啊！」瘦國王很同意御醫的說法，心想：是時候要放鬆一下了。

於是，他命人收拾好行裝，準備悄悄地從王宮出發，到郊外的一幢別墅度假幾天。這趟旅程是保密的，瘦國王沒有帶上隨從，也沒有帶上士兵，希望可以享受一下寧靜的

生活。

為免讓臣子掛心，他起行前特意留下了一張字條，告知他們自己因病要離開王宮，休養幾天。瘦國王剛踏出房門，又走回房間，他若有所思[①]地說：「要是大臣們以為我病得很嚴重，怪罪於御醫就不好了。」他思前想後，決定在字條上多加一句，吩咐大臣們不要怪罪御醫。

瘦國王在別墅吃好睡好，心情輕鬆多了，病也完全康復了，他要回王宮去了。他心想：王后和大臣們一定很想念我，他們看到我一定會興奮極了！我要給他們一個驚喜。幾天後，精神抖擻②的瘦國王回到王宮了，他悄悄地從秘密通道進入王宮，可是卻發生了奇怪的事情。

門外剛好來了一個小侍衛，瘦國王拍了拍他的肩膀，侍衛一看見國王，還沒等到國王説話，便嚇得面青唇白，暈倒在地上。國王走進王宮，裏面靜悄悄的，一個臣子也沒有，他只見王后伏在桌上，泣不成聲，國王連忙上前向她問個究竟。王后看見國王，先是發呆，然後摸了摸國王的下巴，接着便摟

釋詞 ① 若有所思：好像在思考着什麼。
② 抖擻：指振作，形容精神振奮、飽滿。

着他哭得更厲害。國王不明所以，只好待王后冷靜過後，向她問個明白。王后把手中的字條交給國王，國王一看便清楚了。

國王得病將離開，王宮大臣勿掛念，
御醫不能，受罰。

原來他出門時一時情急，把逗號放在錯誤的位置，令句子的停頓位置錯了，意思也就完全不同。他連忙把字條改正過來：

國王得病，將離開王宮，大臣勿掛念，
御醫不能受罰。

現在，瘦國王要馬上去拯救獄中的御醫了。

標點符號小教室

因為瘦國王寫字條時把逗號放錯了位置，令句子的意思完全改變了，所以大家便誤以為國王已經因病去世，王宮裏也就一片愁雲慘霧，而可憐的御醫更慘被困在牢獄裏。

什麼是逗號（，）？

逗號表示句子內部的一般性停頓，當句子比較長，意思還沒有說完，就會用逗號作短暫的停頓。逗號是眾多標點符號中，使用頻率最高的一個，然而在使用上卻要非常小心，因為逗號使用的位置不恰當，會令語意改變，甚至令句子的意思相反。

逗號有什麼用法？

逗號使用範圍很廣，它除了用在較長的句子中，作短暫的停頓外，還有很多其他用法。現在我們來看看一些逗號的常見用法吧。

1. 用於分句之間

在複句中，我們會使用逗號來表示分句間的停頓，令人更容易閱讀和明白。

例子：

(1) 我把冰塊放進熱水裏，它馬上就融化了。
(2) 我主動幫忙做家務，媽媽稱讚我是個好孩子。
(3) 哥哥最愛吃西瓜，因為它又香又甜。

雖然以上句子中的前分句已經是完整的句子，但不適宜加上句號，因為句子中的前、後分句意思關聯，用逗號隔開，可令句子更完整。

2. 用於需要強調的內容後

有些句子需要突出強調某一部分的內容，這時我們便會使用逗號。

例子：

(1) 這件事，由我獨力承擔。
(2) 春天，是大地重生的季節。
(3) 時間，可以證明一切。

以上的例句雖然很短，原本可以不用逗號；可是因為當中的「這件事、春天、時間」都是句子中需要強調的重點，為了加強效果，令句子更生動有力，所以我們便在它們之後加上了逗號。

另外，有時為了強調動作的時間、地點、範圍和目的，我們會將這部分內容放在句首，然後加上逗號。

例子：

(1) 在放學前，我已經完成所有功課了。（時間）
(2) 在這個城市裏，人人都安居樂業。（地點）
(3) 在所有動物中，獅子是最威猛的。（範圍）
(4) 為了保持健康，我們要多做運動。（目的）

3. 用於稱呼語後

稱呼語後可加上逗號來表示停頓。

例子：

(1) 老師，我想參加這次問答比賽。
(2) 媽媽，我想吃點心。

4. 用於序次語後

在「首先、其次、第二、第三、然後、最後」等這些表示次序的序次語後，我們都會加上逗號。

例子：

首先，把文章閱讀一次，有個初步的印象；然後，再從文中找出答案。

5. 用於關聯詞後

一般來說，關聯詞後不用停頓，但有時我們會在關聯詞後加上逗號來強調後面的分句。

例子：

(1) 香港地少人多，所以，樓價持續高企。

(2) 這不是我們出售的產品，因此，我們不會退款。

標點符號練習

一、下列句子中哪些位置需要加上逗號？請加上 ，表示。

例：春天為大地鋪上一片青綠，小孩都在草地上奔跑。

1. 為了得到鋼琴比賽的冠軍我日以繼夜地練習不敢怠慢。

2. 放學後我生氣地說：「媽媽小明和小桐在學校裏欺負我。」

3. 在班上我是長得最高的女孩子所以老師安排我站在隊伍的最後。

4. 今天是哥哥的生日我特意買了一份禮物給他希望他會喜歡。

二、標點符號國舉行了籃球比賽。賽事完結後，小侍從寫了張便條記錄比賽結果，但卻忘記了加上逗號。請你根據各村的得分，在便條適當的位置加上 ，∧ 表示逗號，讓國王知道正確的賽果吧。

各村的得分：

東村得 36 分；南村得 28 分；

西村得 20 分；北村得 15 分。

東村打敗南村成為第一名。

南村打敗東村成為第一名。

西村打敗北村成為第三名。

北村打敗西村成為第三名。

頓號的故事

狡猾的亞山

瘦國王身邊有兩個小侍從，一個叫亞凱，一個叫亞山。由於亞凱工作認真，深得國王的寵愛，所以亞山十分妒忌，總是想找機會來陷害他。

一天，瘦國王如常傳召亞凱來安排早餐，國王說：「本王的肚子餓極了，今早要來個豐富的早餐。我想要薯條、薄餅、芝士、檸檬汁和布丁，快傳字條到廚房吧！」亞凱仔細地把國王要的食物寫下來，然後放到廚房的點餐箱裏。

1月20日　早上7時30分

國王想要薯條、薄餅、芝士、檸檬汁和布丁。

狡猾的亞山早已躲在廚房前的大樹後等着，他趁廚師前來收集字條之前，偷偷把它拿走了。亞山本想把字條扔掉，但他知道如果廚師找不到字條，便會馬上通知亞凱，這樣他也不會被國王責怪。於是亞山想出了一個鬼主意：把字條上部分食物之間的頓號塗掉。

當廚師收到字條後一看，覺得國王點選的食物很奇怪。一個小廚師說：「『薯條薄餅』是什麼來的？我從未做過！」另一個小

廚房

廚師又說：「芝士又怎可以加進檸檬汁呢？國王不怕肚子痛嗎？」雖然他們心裏充滿疑惑，但為了準時呈上食物，不惹怒國王，只好按本子辦事[①]，把這兩種奇特的食物做好。

「國王，早餐做好了！」亞凱為國王呈上早餐。國王先拿起檸檬汁，喝了一口，幾乎要吐了，說：「這是什麼怪東西？你們想加害本王嗎？」接着，他怒氣沖沖地揭開盤子上的蓋，看到薄餅上堆滿了一條條的薯條，頓時火冒三丈[②]，說：「這盤又是什麼東西？是誰想跟本王過不去？」國王命人立刻把食物拿走。

釋詞

① **按本子辦事**：按照既定程序和規矩把事情完成。

② **火冒三丈**：形容憤怒到極點。

到了下午，亞山特意來到廚房取回那張字條，然後求見國王。他說：「國王，我專程到廚房一趟，把早餐一事查個水落石出[1]，

釋詞 ① 水落石出：指事情終於真相大白。

誰知要戲弄國王的竟然是負責寫字條的亞凱！」瘦國王看罷字條後，感到憤怒極了！

瘦國王說：「亞山，亞凱和廚師們都要關在獄中，讓我好好查明事實！」他又吩咐秘書魯先生把他的話記錄在字條上，好讓侍衛執行任務。心思細密的魯先生早就知道亞山的詭計，於是他故意在記錄時改動了其中一個標點符號，才把字條交給亞山。

亞山得意洋洋地把字條交給門外的侍衛，誰知侍衛竟一手抓住了他，把他跟亞凱和廚師們一起關在獄中。

因為字條上寫着：

國王說：「亞山、亞凱和廚師們都要關在獄中，讓我好好查明事實！」

魯先生來到監獄前，對亞山說：「可憐的小侍從啊！看來你的詭計不能得逞了，還是快快跟國王和盤托出，請國王原諒你吧！」

標點符號小教室

什麼是頓號（、）？

頓號是用作分開文中連用的同類詞的標點符號。與逗號（，）和分號（；）相比，它表示的停歇時間最短。

頓號有什麼用法？

頓號表示句子內部的並列詞和並列短語之間的短暫停頓。但要注意的是，若在最後兩項並列的詞語或短語之間用了「和」、「及」、「或」等連接詞，就不用加上頓號了。

以下是頓號的一些常見用法：

1. 用於並列名詞

例子：

（1）市場裏有很多水果，蘋果、西瓜、梨子和香蕉都很新鮮。

（2）我很喜歡閱讀，《西遊記》、《老夫子》和《金庸全集》都是我喜歡的書籍。

2. 用於並列形容詞

例子：

春天到了，花園裏開滿了鮮花，有紅的、黃的、紫的、白的，漂亮極了！

3. 用於並列動詞

例子：

雞肉是受大眾歡迎的美食，不論是煎、炒、烤、焗，都非常美味。

4. 用於並列短語

例子：

（1）清香的普洱茶、熱騰騰的燒賣和香滑的腸粉，正是李叔叔每天不可缺少的早餐。

（2）蔚藍的天空、翠綠的草地和鮮紅的花朵，美好的春天真的來到了。

5. 用於表示次序的中文數字後

例子：

這個假期的功課包括：

一、中文造句

二、數學工作紙

三、常識作業

若中文數字已用了括號，則不用再加上頓號。假如表示次序的文字為阿拉伯數目字，除了用頓號外，還可以用小黑點（.）代替。

標點符號練習

一、下列句子中的頓號是否使用正確？請在括號內圈出答案，並把原因寫在橫線上。

1. 哥哥是個音樂天才，鋼琴、結他和笛子無一不曉。

   句子中的頓號使用（正確 / 不正確），因為「鋼琴」、「結他」和「笛子」是並列 ________________，都是哥哥會演奏的樂器。

2. 這盤意大利粉竟然有甜、酸、苦、辣的味道，你究竟放了什麼調味料呢？

   句子中的頓號使用（正確 / 不正確），因為「甜」、「酸」、「苦」、「辣」是 ________________，都是意大利粉的 ________________。

3. 我喜歡看書、平日經常到圖書館，借閱圖書。

句子中的頓號使用（正確 / 不正確），因為「我喜歡看書」和「平日經常到圖書館」________________短語。

二、請在下列句子中的方格內填上逗號或頓號，使句子的意思正確。

1. 媽媽 □ 小芬 □ 小東和小明都是我的同班同學。
2. 春天到了 □ 麻雀 □ 喜鵲 □ 八哥和畫眉都在枝頭上唱歌。
3. 明天我會去遠足 □ 我把指南針 □ 地圖和手提電話都預備好了。

問號和感歎號的故事

被羞辱的畫家

瘦國王對生活很講究，不論是寢室的設計、花園的布局，還是吃飯用的餐具，他都

一絲不苟[1]。最近瘦國王想在宴會廳的牆上畫一幅壁畫，於是王宮裏的畫家都忙個不停，希望自己的設計能合國王的心意。大家花了好幾個月的時間，可是瘦國王對所有畫

釋詞 ①一絲不苟：形容做事認真，連最細微的地方也不馬虎。

家的作品都看不上眼，終於按捺不住①，生氣地說：「這些算是什麼設計？難道王宮裏連一個像樣的畫家也沒有嗎？」

這時，秘書魯先生忽然想起一位畫家——亞努，他是一個在地攤賣畫的小伙子。記得有一次，國王到一個偏遠的小島巡視，恰巧遇見亞努在街上賣畫，他的畫功了得，其中有一幅叫《桃花陣》的作品更令國王看得入迷。可是，他的脾氣古怪，不擅交際②，也不愛跟別人說話。魯先生對國王說：「國王，你還記得那個叫亞努的畫家嗎？或許他可以設計出一幅合你心意的壁畫。」瘦國王非常同意，於是便請魯先生去找他。

釋詞
① 按捺不住：表示內心非常急躁，已經無法克制了。
② 交際：指人與人之間的往來接觸。

魯先生帶着一大箱金銀珠寶，專程來到那個偏遠的小島，找到了亞努，邀請他為國王畫壁畫，可是他不為所動，一口拒絕了魯先生的邀請。為了完成任務，魯先生沒有放棄，整天跟隨着他，還對他說：「國王對你的作品非常欣賞，衷心希望你可以來王宮一趟。」亞努終於被魯先生的誠意打動，馬上

畫了一幅草圖，畫中天空雖然下着雪，卻有一個猛烈的太陽；一朵朵鮮黃色的花旁邊，堆滿了枯萎的樹葉。

魯先生回到王宮後，瘦國王急不及待地打開草圖一看，興奮地說：「這正合我的心意，春夏秋冬都在同一時間出現了，多麼特

別的圖畫啊！」國王很喜歡這幅畫，打算邀請亞努來畫壁畫，為了表示誠意，他決定親自寫一封信讓魯先生帶給亞努。瘦國王想告訴亞努，他畫的圖畫很特別，並稱讚他很會畫畫；而另一方面，他更想邀請亞努到王宮來當御用畫家，不要再留在地攤賣畫了。

魯先生再次來到小島，把信交給亞努，對他說：「這是國王給你的信，請你看看。」

亞努先生：

我從未看過那麼特別的畫，你真會畫畫？

你要在王宮裏當個出色的御用畫家？還是留在地攤當小販！

標點符號國國王上

亞努一看完信，便生氣得面紅耳赤[1]，握着拳頭説：「是國王就可以任意羞辱[2]別人嗎？當小販又如何！當初不是你堅持要我幫助嗎？説什麼國王很賞識我，全都是胡説八道！」還未等魯先生回應，他就丟下國王的信，像箭一般跑走了。

釋詞

① **面紅耳赤**：形容因心情激動或羞愧而臉色發紅。

② **羞辱**：貶抑一個人的自尊或傲氣，使別人感到羞愧和被侮辱。

魯先生撿起那封被揑得皺皺的信來看，說：「糟糕了，難怪亞努如此生氣！」接着，他趕緊拿起筆，把信修改好。

亞努先生：

我從未看過那麼特別的畫，你真會畫畫！

你要在王宮裏當個出色的御用畫家，還是留在地攤當小販？

標點符號國國王上

接着魯先生便想追上亞努，跟他好好解釋一下。可是，他已經不知道跑到哪裏去了。

標點符號小教室

問號和感歎號都是用於句末的標點符號。瘦國王在信中胡亂使用它們，把畫家亞努氣走了，白白浪費了魯先生之前的努力。

問號教室

什麼是問號（？）？

問號跟句號一樣，都是用在句末作停頓的標點符號；然而兩者不同的是，問號顯示疑問語氣，用在疑問句的句末。

問號有什麼用法？

以下是問號的一些常見用法：

1. 用於特指問句

特指問句是指通常以「哪、誰、為什麼、如何、什麼、怎麼、多少」等疑問代詞表示疑問的句子。

例子：

（1）請問圖書館在哪？

（2）誰是這次比賽的冠軍？

2. 用於設問句

設問句是一種特殊的疑問句，通過提問形式，自問自答，引起對方注意和思考，也能引起下文。

例子：

什麼是合作？合作是與人互相配合。

3. 用於反問句

反問句是無疑而問，用疑問句的形式來表達確定的意思。它會以否定來表示肯定，用肯定來表示否定。

故事中的例子：

難道王宮裏連一個像樣的畫家也沒有嗎？

其他例子：

這是一個重要的日子，我怎會忘記呢？

4. 用於選擇問句

選擇問句是把幾個項目並列提出來，要求從中選擇一項的疑問句。

故事中的例子：

你要在王宮裏當個出色的御用畫家，還是留在地攤當小販？

感歎號教室

什麼是感歎號（！）？

感歎號又稱為驚歎號，用在感歎句及祈使句句末，以表示巨大強烈的情緒和願望。

感歎號有什麼用法？

以下是感歎號的一些常見用法：

1. 用於表達強烈情感的句子

富有強烈情感的句子，句末要加上感歎號，它們可以帶有喜、怒、哀、樂等不同情感。

例子：

（1）這裏的空氣真清新！（表示讚歎）
（2）我絕不會饒恕你！（表示憤怒）
（3）我們終於到達目的地了！（表示興奮）
（4）祝你生日快樂！（表示祝福）
（5）這隻小狗被遺棄了，真可憐！（表示憐憫）
（6）繼續努力，你一定可以成功的！（表示鼓勵）

2. 用於感歎詞後

例子：

（1）啊！我今天忘記了帶手冊！

（2）唉！我這次鋼琴考試一定不合格了。

（3）哇！這條裙子真美麗！

3. 用於擬聲詞後

擬聲詞本身不帶感情色彩，但它所表示的聲響有時會帶有強烈的感情，所以可加上感歎號。

例子：

（1）「隆隆！隆隆！」外面傳來一陣陣巨大的雷聲，看來快要下雨了！

（2）「喔喔！喔喔！」小公雞大聲啼叫，把村民吵醒了。

4. 用於表達命令、祈求的句子

例子：

（1）這裏只招待會員，請你離開！

（2）我知道錯了，請你原諒我！

（3）你一定知道小狗在哪裏，快告訴我！

標點符號練習

一、下列句子中的問號或感歎號用得對嗎？對的，請在方格內加 ✓；不對的，請加 ✗ 。

1. 這裏的風景真美麗啊！ ☐
2. 這是軍事重地，你怎可以進來！ ☐
3. 「呼呼？呼呼？」外面正颳着大風。 ☐
4. 這個辦法可以解決人口老化的問題？我不認同。 ☐

二、請在下列句子中的方格內填上問號或感歎號，使句子的意思正確。

1. 「汪汪 ☐ 汪汪 ☐ 」小狗吠個不停，你還是出去看看吧 ☐
2. 這裏的甜品種類真多 ☐ 你喜歡吃蛋糕，還是布丁 ☐

3. 難道你不知道他就是我們的校長 □

4. 這個小孩無親無故，真可憐 □ 為什麼你還要欺負他呢 □

5. 太好了 □ 我們班成為了這次比賽的冠軍啊 □

句號和分號的故事
寄不出的竹簡

一大清早，市長寄來一封緊急的信件，瘦國王打開一看，憂心忡忡[1]地說：「可憐的村民啊！本王一定會想辦法，幫助你們渡過難關！」原來，市長在信中告訴國王，市鎮裏的東、南、西、北四條村正面臨不同的困難，希望國王可以提供援助。

最近，標點符號國的天氣反復無常，有些地方狂風暴雨，到處洪水氾濫；有些地方

釋詞 ① 憂心忡忡：形容心事重重，非常憂愁。

烈日當空，土地乾涸得裂開。東村一向氣候溫和，每年農作物都有大豐收；不料這幾個月氣温上升至四十度，農作物都快被曬乾了。南村原本是一個小漁村，盛產海鮮；可是持續乾旱的天氣令魚池變得乾涸，大大小小的魚兒都快要乾死了。西村原本是個繁榮熱鬧的小村莊，村民安居樂業；可是近來

不斷受到狂風的侵襲，房屋被吹倒，村民無家可歸。北村位於山邊，滂沱大雨造成山泥傾瀉，房屋被埋沒了。經過一整天的拯救行動，雖然村民已被救出；可是都受了重傷。對於村民的遭遇，瘦國王非常痛心，他希望能替各村想出最好的援助方案，儘快交給市長跟進處理。

遇到這些既緊急又複雜的事情，標點符號國自有一套既定的處理程序。瘦國王知道要為各村想出周全的辦法，並不是一時三刻[1]的事，因此每當他想到一個點子，就會把句子寫在一塊竹片上，然後命人交到送信的部門，信差集齊所有竹片，便會用繩子綑成一冊竹簡，然後送到目的地去，這樣就可以減省信差運送的次數，令事情更有效率。可是，信差怎樣才知道竹片已經集齊，可以送出呢？這就要靠國王所運用的標點符號了！看到句末是一個句號，代表竹簡已經寫完，可以送信。

國王一面在書房裏來回踱步，一面自言

釋詞 ① 一時三刻：指很短的時間。

自語地說：「東村熱災，農作物失收；南村旱災，魚池乾涸；西村風災，村民流離失所；北村雨災，山泥傾瀉。」說着，他突然想到了一個好辦法，他決定為東村送上大量冰塊，不但可以滋潤土地，還可以讓村民消消暑。於是他在一塊竹片上寫上：「東村熱災，送上大量冰塊；」然後命小侍從交給信差。

過了一會兒，他又想到了幫助南村和西村的辦法。他打算給南村村民送上幾個特大的魚缸，讓魚兒暫時居住。至於西村，他則會為他們送上大量堅固的石材，讓災民重建家園。於是他在一塊竹片上寫上：「南村旱災，送上特大魚缸；」又在另一塊竹片上寫上：「西村風災，送上堅固石材；」然後吩咐小侍從再走一趟。

最後是北村的援助方案了，國王除了給災民送上醫藥品外，還想為村民建一道護土牆，避免山泥傾瀉再次發生。於是，他在一塊竹片上寫上：「北村雨災，送上醫藥品，協助建護土牆。」

小侍從拿着第四塊竹片，趕忙跑到送信的部門，可是在快要到達的時候，他卻不小心被小石頭絆倒了，竹片剛好跌在一個水窪裏，句末的標點符號竟被洗掉了。小侍從害怕得要命，不敢回去問國王，他隱約記得之前所送的竹片上面的句子都是用「；」作結，一時情急智生，便在句末加上一個相同的符號，然後馬上把竹片送到送信部門去。信差看到第四塊竹片上的句子仍以分號作結，以為國王要寄的信還沒有寫完，只好繼續等待。

過了幾天，市長還沒有收到國王的回覆，感到焦急極了！他擔心災民的情況，於是連夜趕路，來到王宮求見國王。國王覺得很奇怪，查問之下才知道小侍從胡亂地把句號寫成了分號，所以國王給市長的竹簡還在王宮裏未有送出。

一個小小的標點符號竟然可以壞了大事，究竟句號和分號有什麼作用和分別呢？

標點符號小教室

故事中的小侍從一時情急，把句號錯寫成了分號，令信差誤以為國王的竹簡還未寫完，一直沒有送出。為什麼信差要看到國王在句末寫上句號才會送信呢？這跟分號和句號的作用有莫大關係啊！

句號教室

什麼是句號（。）？

句號是一個小圓圈，放於句末作停頓，表示一句的意思已經完整，語氣也結束了。句子可以是單句或複句，但語氣是陳述句；即是說明事實，語調比較平和的句子。

句號有什麼用法？

一般來說，句號有以下三種主要用法。

1. 用於陳述性的單句句末

只要是一個意思獨立而完整的句子，語氣是陳述句，就需要用句號作結。

例子：

(1) 我是一個好學生。

(2) 小兔最愛吃青菜。

2. 用於陳述性的複句句末

複句由兩句或以上的分句組成，共同表達一個比較複雜的意思。由於分句並不是獨立的句子，因此分句之間應以逗號分隔，而在複句的句末才會使用句號。

故事中的例子：

(1) 遇到這些既緊急又複雜的事情，標點符號國自有一套既定的處理程序。

(2) 他打算給南村村民送上幾個特大的魚缸，讓魚兒暫時居住。

3. 用於語氣比較平和的祈使句

一般來說，祈使句都以感歎號作結，但遇到語氣較平和的祈使句，也會用句號來作結。

例子：

請你稍等一下。

分號教室

什麼是分號（；）？

分號是標點符號中最難使用的一個，它介乎於逗號與句號之間，表示複句內部並列分句之間的停頓。有些複句表達的意思較複雜，當中有並列的短句，或對比的句子，使用逗號，不能凸顯各分句之間相對獨立的意思；使用句號，便會把完整的意思分割。這個時候，我們便要使用分號。

簡單來說，我們可以形象化地記住分號的用途，它是句號和逗號的合體。上面的小圓點是實心的句號，表示句子的意思完整；下面是一個逗號，表示話未說完，跟後面句子的意思有着密切的關係。

分號有什麼用法？

分號的用途很廣泛，常用的有下列四種。

1. 用於並列分句

句子是由並列關係的分句所組成，當中各分句是可以獨立的，但為了使文氣貫徹到底，就會用分號來分開。

故事中的例子：

東村熱災，農作物失收；南村旱災，魚池乾涸；西村風災，村民流離失所；北村雨災，山泥傾瀉。

2. 用於轉折複句

當複句中有轉折的意思，可以用分號來分隔，而句子中通常出現「卻」、「可是」、「但是」、「否則」、「不料」等。

故事中的例子：

(1) 東村一向氣候溫和，每年農作物都有大豐收；不料這幾個月氣溫上升至四十度，農作物都快被曬乾了。

(2) 南村原本是一個小漁村，盛產海鮮；可是持續乾旱的天氣令魚池變得乾涸，大大小小的魚兒都快要乾死了。

3. 用於總結句

在複句中，出現了「總結句」來總結前面意思，表示一種因果關係時，就需要用分號來分隔。

例子：

多做運動，多吃蔬菜，早睡早起；這就是健康之道。

4. 用於分條說明

分條進行說明時，每一條末尾都用分號，最後才以句號作結。

例子：

請遵守以下規則：

1. 不可奔跑；
2. 不可喧嘩；
3. 不可亂拋垃圾。

小總結

要辨別句子應使用分號還是句號，一定要看清楚分句之間的關係，看到並列、轉折、總結等分句時，就要考慮使用分號了。

標點符號練習

請在下列句子中的方格內填上句號或分號，使句子的意思正確。

1. 老師一進來，同學馬上安靜下來 ☐ 老師一離開，大家又吵吵鬧鬧起來了 ☐
2. 明天天氣好，我們就到郊外野餐 ☐ 天氣不好，我們就留在家看電視 ☐
3. 在圖書館裏，請遵守以下規則：不可飲食 ☐ 不可喧嘩 ☐ 不可弄污圖書 ☐
4. 今天是公眾假期，我約了幾個朋友到郊外野餐 ☐ 我們各自帶了一些小食和飲品，互相分享 ☐ 度過了愉快的一天 ☐

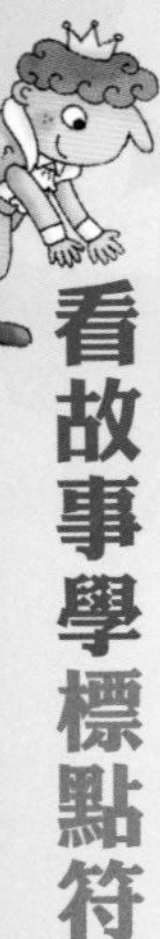

總複習

下列兩段文字有很多標點符號不見了。請你把在本書中學習到的六個標點符號（，、？！。；）填在適當的方格內。

1.

王宮裏舉行烹飪比賽，瘦國王要求廚師以「彩虹」為主題□煮出一道色彩繽紛的小菜□

一大清早□廚師亞南找來新鮮的大蝦□甘筍□雞蛋和菠菜，準備為國王做一個「彩虹火鍋」。他花了幾個小時□終於把菜做好了□

亞南小心翼翼地把一個大鍋端出來□放在桌子上，大鍋香味撲鼻□國王忍不住打開來看看□

「這個火鍋的味道真好□」國王高興地說□

國王吃了橙色的甘筍□黃色的雞蛋和綠色的菠菜□可是他用勺子在鍋裏找了幾遍，還是找不到紅色的

食材 □ 「亞南 □ 紅色的食材在哪裏 □ 」國王把亞南傳召來問道 □

亞南立刻把新鮮的大蝦放進鍋裏，一下子 □ 蝦肉就變得紅通通了。

2.

空間的時候 □ 國王總愛躲在花園裏欣賞景色 □

春天時 □ 花園裏長滿鮮艷的花朵 □ 蝴蝶隨處飛舞 □

夏天時 □ 池塘裏長滿嫩綠的荷葉 □ 鯉魚在葉間嬉戲 □

秋天時 □ 樹上長滿紅色的楓葉 □ 蟋蟀在草叢裏鳴叫 □

冬天時 □ 遍地堆滿晶瑩的白雪 □ 動物都躲起來了 □

標點符號總表

在本書中學習到的標點符號總括如下：

標點符號	寫法	解說
逗號	，	形狀像小蝌蚪，用在句子中表示短暫停頓。
頓號	、	形狀像小芝麻，用在句子內部並列的詞或短語中作短暫停頓。
問號	？	形狀像小耳朵，用在疑問句末，表示疑問語氣。
感歎號	！	形狀像棒球棍，用在感歎句及祈使句末，表示重大強烈的情緒和願望。
句號	。	形狀像小圓圈，用在句末表示停頓。
分號	；	形狀像小蝌蚪頂着圓球，用在複句內部並列分句之間作停頓。

《瘦國王復活了！》：（P.18 - P.19）

一、1. 為了得到鋼琴比賽的冠軍，我日以繼夜地練習，不敢怠慢。

2. 放學後，我生氣地說：「媽媽，小明和小桐在學校裏欺負我。」

3. 在班上，我是長得最高的女孩子，所以老師安排我站在隊伍的最後。

4. 今天是哥哥的生日，我特意買了一份禮物給他，希望他會喜歡。

二、東村打敗南村，成為第一名。

南村打敗，東村成為第一名。

西村打敗北村，成為第三名。

北村打敗，西村成為第三名。

《狡猾的亞山》：（P.30 - P.31）

一、1. 正確；名詞

2. 正確；並列形容詞；味道

3. 不正確；不是並列

二、1. 媽媽 ， 小芬 、 小東和小明都是我的同班同學。

2. 春天到了 ， 麻雀 、 喜鵲 、 八哥和畫眉都在枝頭上唱歌。

3. 明天我會去遠足 ， 我把指南針 、 地圖和手提電話都預備好了。

《被羞辱的畫家》：（P.44 - P.45）

一、1. ✓ 2. ✗ 3. ✗ 4. ✓

二、1.「汪汪 ！ 汪汪 ！ 」小狗吠個不停，你還是出去看看吧 ！

2. 這裏的甜品種類真多 ！ 你喜歡吃蛋糕，還是布丁 ？

3. 難道你不知道他就是我們的校長 ？

4. 這個小孩無親無故，真可憐 ！ 為什麼你還要欺負他呢 ？

5. 太好了 ！ 我們班成為了這次比賽的冠軍啊 ！

《寄不出的竹簡》：（P.59）

1. 老師一進來，同學馬上安靜下來 ； 老師一離開，大家又吵吵鬧鬧起來了 。

2. 明天天氣好，我們就到郊外野餐 ； 天氣不好，我們就留在家看電視 。

3. 在圖書館裏，請遵守以下規則：不可飲食 ； 不可喧嘩 ； 不可弄污圖書 。

4. 今天是公眾假期，我約了幾個朋友到郊外野餐 。 我們各自帶了一些小食和飲品，互相分享 ； 度過了愉快的一天 。

總複習：（P.60 - P.61）

1.

王宮裏舉行烹飪比賽，瘦國王要求廚師以「彩虹」為主題 ， 煮出一道色彩繽紛的小菜 。

一大清早 ， 廚師亞南找來新鮮的大蝦 、 甘筍 、 雞蛋和菠菜，準備為國王做一個「彩虹火鍋」。他花了幾個小時 ， 終於把菜做好了 。

亞南小心翼翼地把一個大鍋端出來 ， 放在桌子上，大鍋香味撲鼻 ， 國王忍不住打開來看看 。

「這個火鍋的味道真好 ！」國王高興地說 。

國王吃了橙色的甘筍 、 黃色的雞蛋和綠色的菠菜 ； 可是他用勺子在鍋裏找了幾遍，還是找不到紅色的食材 。「亞南 ， 紅色的食材在哪裏 ？」國王把亞南傳召來問道 。

亞南立刻把新鮮的大蝦放進鍋裏，一下子 ， 蝦肉就變得紅通通了。

2.

空閒的時候 ， 國王總愛躲在花園裏欣賞景色 。
春天時 ， 花園裏長滿鮮艷的花朵 ， 蝴蝶隨處飛舞 ；
夏天時 ， 池塘裏長滿嫩綠的荷葉 ， 鯉魚在葉間嬉戲 ；
秋天時 ， 樹上長滿紅色的楓葉 ， 蟋蟀在草叢裏鳴叫 ；
冬天時 ， 遍地堆滿晶瑩的白雪 ， 動物都躲起來了 。